OÙ EST LE MAL?

QUESTION RÉSOLUE

PAR UN CULTIVATEUR

AMI DU PEUPLE.

IMPRIMERIE DE E. DUVERGER,
rue de Verneuil, n° 4.

OÙ EST LE MAL?

QUESTION RÉSOLUE

PAR

M. CH. MULLER,

PROPRIÉTAIRE-CULTIVATEUR AU SABLON, PRÈS METZ (MOSELLE.)

> Je jure devant Dieu et les hommes que ma seule, mon unique impulsion est le bonheur, le repos, la tranquillité de la France!

PRIX : 50 CENTIMES.

PARIS

LEDOYEN, LIBRAIRE,

PALAIS-ROYAL, GALERIE D'ORLÉANS, Nº 31.

1859

OÙ EST LE MAL?

QUESTION RÉSOLUE.

Tout le monde crie et un chacun répète : « Nous
« sommes dans une funeste situation, dans un
« malaise général ; il y a absence de confiance,
« stagnation dans le commerce, manque de tra-
« vail, etc., etc. » L'on s'applique à en rechercher
les causes ; la solution du problème est contro-
versée ; l'on va jusqu'à soutenir à la tribune que
cette funeste situation a pour cause « *l'esprit* en-
« vahisseur du pouvoir royal sur les pouvoirs
« constitutionnels ; » l'on est rappelé à l'ordre et
avec raison, car à Dieu seul appartient le droit de
juger *l'esprit, la pensée.* Et s'il en était autrement,
ce serait un envahissement réel du pouvoir de
l'homme sur le pouvoir de Dieu !

Si l'opinion émise à la tribune était, comme je n'en doute, l'effet d'une conviction, je la respecterais tout en prétendant que les convictions en général sont loin de reposer sur des vérités métaphysiques, qu'elles sont au contraire de nature bien différente ; et par exemple : Une conviction oculaire, je l'admets ; une conviction, résultat de chiffres x ou y, encore ; mais une conviction de raisonnement, *rarement pour ne dire nullement!* attendu que l'erreur tient à l'imperfectibilité de l'homme et que le plus beau talent peut avoir un faux jugement !

Je n'irai pas plus loin sans protester itérativement de mon respect à toute opinion *sincèrement* exprimée ; puissé-je en manifestant la mienne trouver quelque réciprocité !

Je prétends, moi, que le malaise, quoique très avancé, n'a pas encore atteint le degré « *d'une funeste situation !* » Et je l'attribue, ce malaise, non précisément à l'envahissement d'un pouvoir sur un autre ; je l'impute à l'infraction d'une maxime bien simple, connue de tout le monde et suivie de personne ! Elle dit, cette maxime :« qu'un cha-« cun se mêle de *son affaire,* etc.; » l'on sait le reste ! Ailleurs est écrit : « Sois soumis à l'auto-« rité qui tient le pouvoir, » autre part nous lisons : «Que l'un soit le *libre valet* de l'autre.»

Tout mon sujet est renfermé dans ces citations;

mais sera-t-on assez indulgent de me lire jusqu'au bout? L'un ne dira-t-il : « C'est un prêtre qui veut « nous endoctriner; » l'autre : « C'est un salarié du gouvernement, un fonctionnaire, un homme en état de suspicion légitime, surtout depuis la prise en considération par la Chambre de la proposition de l'un de ses membres de supprimer le traitement des fonctionnaires publics pendant tout le temps qu'ils viendront siéger à la Chambre. ? »

Il faut donc, pour oser aller plus loin, dire qui je suis; cependant cela importe si peu. Eh bien! je ne suis *rien*, surtout pas académicien! mon style le prouve; je suis cultivateur - propriétaire de bonne foi et à juste titre; *je me mêle de mon affaire;* je travaille, je sème, je récolte, je cultive moi-même mes terres; je donne autant qu'il est en moi du travail à ceux qui n'en ont point et qui *veulent travailler;* je suis en outre praticien forestier. Cette qualité repose sur 25 années de travail et d'expérience, et ni mes vieux ni mes jeunes collaborateurs ne voudront me la contester, sachant bien que là aussi je me suis mêlé de mon affaire. Mais c'est trop en dire de moi, et j'en demande pardon à mes lecteurs, les suppliant d'entrevoir que, voulant prêcher *par l'exemple*, force me fut de dire de moi quelque chose.

Mon sujet m'oblige de revenir un instant sur un point, quoique décidé en faveur de la première maxime; mais dans *ma conviction* je ne saurais crier assez haut : « Qu'un chacun se mêle de son affaire ! » En effet, à une autre époque, époque de gloire et de grandeur, les uns gouvernaient, les fonctionnaires administraient, l'armée *se battait*; chacun se mêlait de son affaire. Il n'y avait point d'émeute en dedans, nous étions respectés au dehors ! Nos fils de 89 n'ont pas quitté leurs foyers *pour gouverner* : « pieds nus, sans pain, tous à la gloire ils marchaient du même pas !» L'émancipation des nations fut leur ouvrage.

A quoi bon d'ailleurs parsemer la route des *gouvernants*, du pouvoir royal, d'entraves de chaque jour, d'incessantes clameurs, de cris aigus, de garde à vous ! d'imputations de tout le malaise, de toutes les plaies d'Égypte, enfin ! Mais avons-nous donc oublié, totalement oublié la révolution de juillet, sa cause, son but, son effet ? Sa cause ! les ordonnances de juillet ; là, il y avait envahissement réel, action positive d'empiétement du pouvoir royal sur les pouvoirs constitutionnels. Qu'en arriva-t-il ? d'abord l'on exposa à Charles X l'illégalité de ses ordonnances; sa volonté demeure immuable, impossible d'en obtenir le retrait. Les ordonnances sont publiées, aussitôt la consternation se jette dans tous les esprits. Paris se soulève comme un seul homme, les populations accourent de toute part, des officiers de l'armée brisent leurs épées, des régiments demeurent immobiles en face de la force imposante du peuple. Le frère s'arrête devant le frère, le Français devant le Français ! Cependant le sang coule, des victimes tombent ! le tout dans quel but ? évidemment dans celui unique de reconquérir *les pouvoirs constitutionnels* que le *pouvoir royal* avait réellement usurpés. C'est tellement vrai que si Charles X avait voulu retirer les ordonnances de juillet, personne n'eût songé à l'exiler ! Peut-être serait-il roi encore ? Mais enfin trois journées suffirent à des citoyens de toutes classes et positions, à des femmes, à des enfants, pour reconquérir les droits qu'avait usurpés le pouvoir royal. Le but est atteint ; maintenant quel en fut l'effet ? l'exil pour le malheureux roi ; la prison, le château de Ham, pour les ministres qui avaient contresigné les ordonnances.

Ne voyons-nous pas là le pouvoir royal : le roi, ses ministres renfermés dans les étreintes les plus terribles, avisés à jamais et de la manière la plus significative ? Or, renouveler ces avis chaque jour est en affaiblir la source, la force irrésistible de la nation !

Nous avons choisi un gouvernement ; une Charte est formulée, un chef de l'Etat est trouvé. Louis-Philippe devient roi des Français ; il accepte les conditions du contrat ; il prête serment de le maintenir, son serment est reçu ! Dès cet instant il tient le pouvoir, et nous devons exécution de la maxime qui dit : « Sois soumis à l'auto-« rité qui tient le pouvoir. » Et au cas particulier, ayant nous-mêmes déféré ce pouvoir, nous devons d'autant plus religieusement nous y soumettre. Le contrat subsiste; il lie les parties, il fait loi ! Mais, dit-on, le gouvernement, le pouvoir royal marche en destruction du principe de cette révolution. « Dans ses actes nous voyons se « développer son *esprit de défiance*, son *pen-* « *chant* à l'usurpation, son *désir* impatient de « s'affranchir des règles et des entraves posées « par la constitution de 1830. »

Entendons-nous, et disons, ce que personne ne voudra d'ailleurs contester, que cette révolution, légale dans son origine, magnanime dans sa victoire, admirée, partagée en sympathie par nos voisins, terminée en trois jours, était une œuvre sacrée retentissant dans le monde entier, une œuvre de restitution de grandeur nationale ; mais par cela même qu'elle fut sublime nous devons la tenir pour accomplie et ne vouloir la maintenir debout d'une manière permanente. En effet, elle reçut le sceau de sa conclusion dans le choix d'une constitution, de la Charte 1830, par l'avénement d'une monarchie constitutionnelle, que Lafayette, cet ami de Washington, appela *la meilleure des Républiques!*

J'ai vu l'enthousiasme de ce moment ; nos couleurs nationales, le drapeau tricolore apparaissant comme l'arc-en-ciel après l'orage, semblaient avoir réuni de nouveau cette grande nation en une seule famille. J'ai vu Louis – Philippe et son auguste épouse se confondant avec nous, comme un père, comme une mère au sein de sa famille. Cette fusion faisait vibrer tout cœur français ! tout semblait prendre une ère de bonheur et de prospérité ; mais bientôt ce bonheur fut troublé, comme si en France rien ne pouvait être de durée. Car à peine cette nouvelle monarchie avait-elle fait quelques pas, que des factions s'établirent pour parsemer sa route d'entraves, d'obstacles de toute nature, non-seulement dans ses actes ; d'exécrables attentats sont combinés, suivis d'exécution ; le roi, que nous avions à peine choisi, est menacé, attaqué dans son existence. La Providence le préserve comme par miracle, mais à ses côtés tombent des illustrations militaires, des mères, des enfants ! le sang français coule de rechef dans Paris ; mais cette fois-ci, il n'est pas répandu pour une cause aussi juste, aussi noble que celle qui éternisa les trois journées. Le plus atroce fanatisme politique dirigea la main de l'exécrable Fieschi vers la personne du roi, qui n'a pu mourir, devant vivre pour le bonheur de la France, quoi que puissent en penser des esprits égarés.

Cette scène de carnage à jamais déplorable ne demeure point isolée. Fieschi trouve des imitateurs! La Providence encore détourne leurs coups de la personne du roi.

Néanmoins les émeutes se renouvellent; la guerre civile est allumée dans Paris; Lyon, cette seconde capitale de la France, a eu son état de siége, Strasbourg son échauffourée; Paris redevient le théâtre de la guerre civile.

C'est ainsi que la France, qui, à une autre époque, inscrivait dans ses fastes *une victoire par jour*, porte à notre epoque, au rôle de la justice, un procès politique par mois: procès d'avril, procès de mai, procès de juin.

De manière que le gouvernement constamment livré à des préoccupations politiques qui absorbent son activité au dedans, est paralysé dans ses actions au dehors. Car quiconque voit l'incendie chez lui ne saurait être tenu d'aller éteindre le feu ailleurs. A côté de cela, je pense, moi, que la France n'est pas la régulatrice des affaires de l'univers entier, et qu'elle aussi doit *se mêler de ses affaires d'abord*. Sa tranquillité intérieure, son union, et de là sa prospérité, en diront assez au dehors; et il ne faut pas à toute commo-

tion chez nos voisins déployer le drapeau tricolore en signe de grandeur de la France. Sa force
magique a gardé souvenir dans l'Europe entière ;
c'est chose sacrée que le drapeau de la patrie ; il
n'en faut point abuser. Il suffit à la France d'être
unie, affranchie de dissensions politiques, pour
conserver son rang éminent dans le monde,
son influence sur les destinées des peuples. Ses
gloires sont gravées sur l'airain ; la colonne, place
Vendôme, est devenue une seconde étoile po-
laire ; la nouvelle dynastie saura les garder, outre
que chaque soldat français porte dans sa giberne
le bâton de maréchal de France. Elles sont donc
intempestives, ces craintes, ces clameurs de perte
de nos souvenirs militaires ; mais toutes nos commotions intérieures nous ravissent l'admiration
que nous valurent nos gloires et notre révolution de juillet dans l'esprit de nos voisins. Nous
ne sommes plus ce grand peuple, cette nation
magnanime ; ils ne voudraient plus faire cause
commune avec nous. En effet, nous sommes tom-
bés dans l'effervescence, dans un esprit de bou-
leversement, de désordre, et pour peu que nous
continuassions de ce pas, bientôt la France sera
la *tour de Babel.* L'illusion est détruite, et je
n'oserais pas répéter aujourd'hui ce qu'en 1830
je disais au vénérable général Lafayette, « qu'au
« seul aspect du drapeau tricolore plusieurs des

« anciens départements viendraient au-devant de
« nous. » Ces commotions intérieures absorbent
l'activité du gouvernement, ai-je dit; elles absorbent encore autre chose; elles rongent les contributions, dévorent la sueur du cultivateur, du
contribuable, en pensions politiques, en secours
aux victimes; sacrifices que je suis loin de ne vouloir appeler dettes nationales.

Mais je déplore vivement l'origine de ces dettes
dont malheureusement la source se rouvre à chaque instant pour nos divisions intestines. Com-
ment dès lors songer sérieusement à une diminution dans les charges imposées à la propriété? Elle
est impossible, cette diminution, en présence *d'une
armée de cinq cent mille hommes*, d'une police
innombrable; tout cela, non pour nous mettre en
garde contre nos voisins; mais, pour *chez nous*
empêcher, comprimer les émeutes, le commence-
ment de la guerre civile... Quel malheur! quel
égarement !

C'est ainsi que notre situation se complique et
devient triste, déplorable, déchirante, funeste;
car quiconque, de bonne foi, voudra ouvrir les
yeux, apercevra : d'une part, le roi, le chef de
l'État, emprisonné pour ainsi dire dans son palais,
privé du bonheur de circuler comme autrefois,
librement, au milieu de la population dans la capitale du royaume. Ailleurs, des corps-de-garde

crénelés en signe de mémoire de l'assassinat d'un vieux brave soldat, d'un officier tombé en accomplissant son devoir sous les coups de *Français égarés...* de jeunes hommes exaltés en proportion de la vivacité naturelle de l'esprit français. Quiconque alimente cet esprit subversif de l'ordre des choses établi, soit par l'exemple, par paroles ou par la presse, fait infraction à la maxime qui dit : *Sois soumis à l'autorité qui tient le pouvoir*, se rend coupable du crime de lèse-nation ; je n'ai que faire d'ajouter, et de lèse-majesté, les deux cas étant identiques. En effet, qui ébranle la nation ébranle le roi, son chef; leur bonheur et leurs malheurs sont indivisibles !

Il est heureux de savoir que la majorité des Français le pense ainsi, et que les esprits égarés ne comptent que par petit nombre.

A Dieu ne plaise que je veuille faire des catégories de départements; mais il en est beaucoup, sinon tous, qui déplorent les scènes meurtrières de la capitale, les émeutes, les désordres, causes véritables de *l'absence de confiance dans les affaires*, de stagnation dans le commerce. Quant au commerce, je *hasarderai* d'assigner une autre cause encore à sa lenteur, sa stagnation ; c'est la fureur des richesses qui s'est emparée de tous les esprits! Les ambitions dévorent toutes les positions. Ma troisième maxime qui dit : *que l'un soit le libre valet de l'autre*, est arrachée de tous les livres comme de toutes les têtes. Tout le monde veut faire commerce, devenir négociant, devenir riche, très riche, et vite ; le commis de la veille se place le lendemain deux pas en avant de son principal ; ouvre, non une boutique, mais un immense magasin ; il s'enfonce ou enfonce son ancien patron ; cela n'empêche pas d'autres ambitions. La vanité de mieux faire que le prédécesseur prend le dessus ; les uns s'entassent sur les autres, et bientôt il y aura plus de producteurs que de consommateurs, plus de marchands que d'acheteurs.

Je saute de là pour dire qu'il en est un peu de même partout ; dans les administrations, par exemple, tout le monde, jeune ou vieux, savant ou ignorant, l'expérience ou l'inexpérience, veut une haute position ; devenir préfet, premier président d'une cour royale, procureur général, etc. Le sous-préfet n'est pas content ; il veut être préfet ou prendre deux sous-préfectures, et ainsi de suite ; l'on ne consulte pas si l'on convient à la place, pourvu que la place convienne. L'égoïsme est au comble, le bien général un accessoire, un vain mot !

Jetons un coup d'œil plus haut, et nous verrons que les positions qui, par leur essence, sont et devraient demeurer uniquement nationales, sont convoitées comme moyen de parvenir à la satisfaction des ambitions ! Ah ! s'il y avait moyen, possibilité de les satisfaire toutes et une chacune de ces ambitions, l'on écarterait bien des éléments de désordre.

Tous ces déchirements, tous ces *combats d'ôte-toi de là que je m'y mette*, ravissent au pouvoir le prestige, le respect, la force d'action ; et je ne connais pas de position plus dure, plus pénible, plus disgracieuse que celle d'un fonctionnaire public, honnête, consciencieux, jaloux de l'accomplissement de ses devoirs ; attendu que le sarcasme, la résistance, l'irrévérence sont de nos jours la récompense de sa sueur, de ses labeurs ; car tous les fonctionnaires, qu'on le sache bien, amovibles ou inamovibles, ne sont pas des insouciants, des négligents ; et je n'hésiterais pas de déclarer que la prise en considération de la motion qui concerne les fonctionnaires publics est d'une plus haute, d'une plus dangereuse portée qu'on ne pense !

Il faut, pour faire de bonnes lois, des éléments de toute nature ; elles sont le fruit de grandes assemblées ; et quand un jour l'on a dit, à propos de confection de lois, qu'on connaissait *quelqu'un* qui avait plus d'esprit que *Napoléon* lui-même, et que ce quelqu'un était *tout le monde !* l'on tomba d'accord sur l'éminence de cette vérité

C'est ainsi que le *paysan* qui a tenu la charrue fournira dans la discussion d'une loi agricole de meilleures idées que le savant qui aura toute sa vie compulsé les encyclopédies d'agriculture. Un inspecteur des douanes qui a pratiqué le métier joindra son expérience au savoir du maître de forge, et l'on arrivera à une bonne loi de douane. *Un directeur général forestier* soutiendra mieux la discussion d'un *code forestier qu'un directeur général des foréts.* Il faut des magistrats, des jurisconsultes; il faut aussi des avocats, *mais pas beaucoup !* Il faut suivre le conseil de saint Paul : *Tout entendre et garder le bien.*

J'aurais trouvé bien plus rationnel de proposer d'accorder à tous les députés une indemnité proportionnelle au temps consacré à la chose publique. Cela existait à une autre époque; cela se pratique chez de nos voisins, et c'est justice; car n'est pas toujours riche celui qui paie 5oo fr. de contributions, et nos sessions prolongées dérangent bien des positions de famille. L'on finira par ne plus trouver de députés, comme celui qui pourra vivre sans fonctions publiques s'en gardera.

A mon sens les fonctions publiques sont l'accomplissement d'un mandat, d'un seul mandat plus ou moins étendu; mais de nos jours tout le monde formule des mandats. L'un fait le thème au député; le fils donne une sérénade au candidat auquel le père a refusé la voix; l'autre fonctionne pour le fonctionnaire; *un chacun s'en mêle et personne ne se mêle de son affaire!* Bientôt l'on ne se comprendra plus! nous marchons *à la tour de Babel!!!*

Au milieu de tout ce tourbillon apparaît, comme un sauveur, un prophète; un envoyé de par quelqu'un nous métamorphose tous en grenouilles, nôtre roi en soliveau, en un bloc!

« Un monarque inviolable, dit-on, peut être « impunément enfant, décrépit, femme ou fou, « parce qu'il ne répond de rien. »

Un autre prophète *accourt* à toutes *jambes* et dit : « Le Roi, c'est une griffe (une machine à si- « gner), un chiffre, un lourd chiffre. » Et ce sont des hommes d'esprit, des hommes haut placés qui prennent la peine d'écrire de pareilles hérésies!... Trois fois, dans mon humble condition de cultivateur, je m'incline devant leur talent et les supplie de me permettre de croire qu'ils n'ont pas *la pensée sérieuse, le désir bien arrêté* de préférer, pour roi de leur nation, un fou à un homme de sens, un imbécile à un homme d'esprit, une femme à un homme?

Si pour résoudre cette question je pouvais amener devant eux *tout ce peuple* que l'on appelle « simple matière exploitable, vile plèbe née

« pour travailler au profit de ses maîtres, pour
« payer et pour obéir, » tous ces ouvriers qui
d'après lui manquent de pain, j'ose affirmer que
ces grands esprits seraient à l'instant détrompés,
car il n'est pas dans la nature de l'homme, et surtout pas dans l'esprit français, de vouloir pour
chef un fou, un imbécile, la décrépitude. En effet,
je le demande, où nous en serions si, depuis 1830,
le chef de l'État avait été enfant ou fou, au lieu
d'être homme d'expérience des hommes et des
choses ?

Nous serions dans l'anarchie la plus complète,
dans le déchirement de la guerre civile et de l'in-
satiable ambition !

Accomplissons les trois maximes posées : *Mé-
lons-nous chacun de son affaire*; 2° *Soyons soumis
à l'autorité qui tient le pouvoir*; 3° *Que l'un soit
le* LIBRE *valet de l'autre.* Et la France sera heu-
reuse, tranquille, prospère, immense ! La confiance
renaîtra, le commerce reviendra, l'ouvrier travail-
lera sans peine avec son chef, son maître, en qui
il ne verra plus un simple exploiteur de sa sueur,
mais un ami, un protecteur aux jours des besoins.
*Laissons les masses ouvrières sans meneurs, sans
instigateurs*, et bientôt ils se plairont dans le travail, dont, dans le seul repos du pays, ils peuvent
recueillir les fruits. Bientôt ils préféreront le bonheur de cette position aux commotions, aux agi-

tations, aux troubles, aux émeutes dans lesquelles le plus souvent ils sont les instruments de l'ambition!

Revenons au respect sincère que nous devons au roi, au souverain de notre choix, à l'amour qui unit les nations à leur chef! La réciprocité sera non équivoque ; le roi, la reine, sa famille tout entière se confondront encore avec nous, comme en 1830.

Laissons à chaque pouvoir sa marche libre dans les limites de la loi. J'ai beau lire et relire les clameurs jetées dans les rues : « C'est l'*esprit*, le *penchant*, la *volonté*, le *désir* de sortir de ces limites; » je n'y trouve aucune accusation d'action directe, d'infraction positivement qualifiée à aucune de nos lois.

Laissons aux Chambres, à chacune ses prestiges; abstenons-nous d'envisager celle des pairs comme n'étant plus là que pour marquer le pas! Réfléchissons à l'enchaînement des pouvoirs; n'en déchirons aucun anneau! Laissons enfin au fonctionnaire cette force d'action dont il a besoin pour remplir son mandat; sortons de *cette voie, qui mène à la tour de Babel, à l'immoralité, à la destruction!* Je crois avoir rempli ma tâche comme père de famille, comme propriétaire, comme citoyen. Je crois avoir consciencieusement exprimé ma pensée!

Il n'y aura aucun mérite à des hommes de

plume de talents supérieurs d'entrer en polémique avec un cultivateur qui ne saurait répondre, et qui déclare dès à présent n'avoir eu aucune intention d'attaquer qui que ce soit.

Comme forestier praticien de longues années, percrû sous le chêne, je ne tarderai de faire à mon pays, à mes condisciples, offrande d'*un Catéchisme forestier; car c'est à ce degré d'instruction que se trouve la France en cette matière.* J'espère être assez heureux de démontrer la nécessité de procurer exécution entière au Code de 1827, d'établir à côté de la belle école de Nancy les écoles secondaires dans les prévisions de cette loi, et par l'établissement desquelles l'on aurait, à mon avis, dû commencer. L'école primaire devait précéder l'école supérieure ; c'est de règle!

J'ai la pensée que l'école de Nancy, qui date depuis 1827, aura produit des sujets capables à la direction de ces écoles secondaires, *et qu'à peu de frais* leur bienfait pourra s'étendre sur toute la France forestière!

CHARLES MULLER.

Paris, juillet 1839.